谨以此画册献给长期以来关心支持泉州水利事业发展的各级领导、各界朋友

刺桐阁夜色　刘建东 摄影

水之韵

戍子年 長青

"水之韵" 泉州水利

风光摄影艺术作品展

序

　　泉州人民的母亲河——晋江和洛阳江是两条滚滚向前的江河,它汇聚着一路的滴水,滋润着两岸的大地,欢快地流淌着,流向万顷良田,流入千家万户,汇进时代的潮流。

　　"水是泉州第一战略资源"。新中国成立以来,特别是改革开放三十年,泉州市从水资源可持续利用的战略高度出发,加强水利基础设施建设,兴建了一批防洪挡潮、除涝、灌溉、调、引、提水和发供电等相配套的水利水电工程体系,真正实现了由"水害"转变为"水利",保障了全市工农业生产和人民生活需要,支撑着泉州经济社会的蓬勃发展。

　　近年来,泉州市水利局大力加强水利文化建设,在创作了一大批水利歌曲、水利诗词、楹联、歌赋等文化作品的基础上,运用水利风光摄影这一纪实的艺术创作形式,系统地展示了"水之源、水之魂、水之韵、水之歌",倡导人与自然、人与水之间的和谐共处,唤起全市人民对水资源的保护意识,可谓独具匠心。

　　摄影是时代的镜子,又是时代的窗口。展现在这里的水利风光摄影作品,是泉州摄影家多年来辛勤创作的结晶,他们以鲜明的可视形象、深厚的审美意蕴和独特的拍摄角度,创作出一大批具有时代特色、紧扣时代脉搏的"水之韵"风光作品。

　　这批"人水和谐"的摄影作品,构图气势恢宏,色彩和谐瑰丽,质感清晰逼人,给人以心灵的愉悦与视觉的震撼,充分显示出泉州摄影家执着的创作精神,这种主观真实的艺术表现,给人以真真切切的感受。在当今的读图时代,欣赏这一幅幅摄影佳作,是一种感人肺腑、催人奋进的社会直觉。

　　这个展览对于凝聚全社会力量,进一步加强泉州水利基础设施建设,保护自然生态,珍惜生命之源,将具有深远的影响。

中国摄影家协会副主席
福建省摄影家协会主席　张宇

2008 年 3 月 28 日

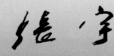

大地飞歌　培森 摄影

金鸡雄风　刘建东　摄影

晋江源头　培森 摄影

目 录

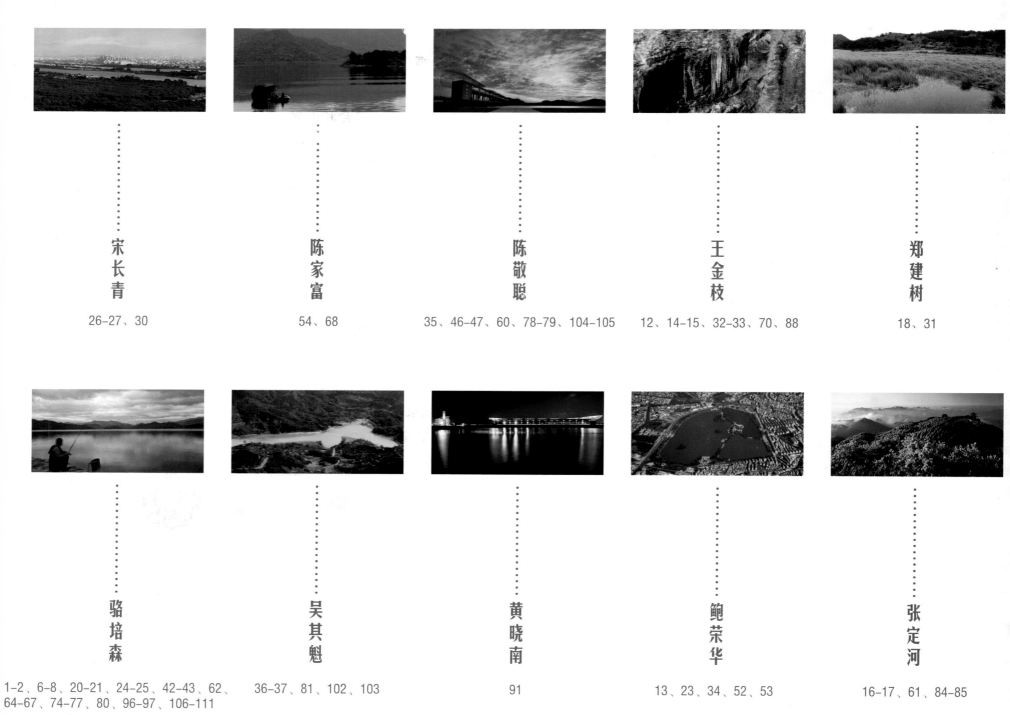

编者按

    在中国传统文化里，讴歌大自然一直贯穿于诗词歌赋中。自从摄影术传入中国的 100 多年来，以大自然为题材的风光摄影就一直深受人们喜爱，大自然不单是被看作是有生命的，而且引申我们对生存空间的思考。《易经》认为，自然现象中的"天、地、风、雷、山、泽、水、火"之间的结合和沟通，对人文社会具有重大影响。

    孔子说："智者乐水，仁者乐山。"在大自然的陶冶下，我们的心思会更开阔，秉性会更忠厚。能在大自然中净化心灵，能在今天的生存空间里居安思危，在这种文化基础上，以大自然为题材的风光摄影，具有更深刻的意义。

    泉州市委、市政府把保护母亲河，合理开发利用水资源，作为泉州的第一战略要务。几年来，泉州市水利局发动全系统干部职工以"珍惜水、保护水、让水造福泉州"为主题，创作了大批诗词、歌赋；在今年纪念第十六届"世界水日"和第二十一届"中国水周"系列活动中，以"水之韵"风光摄影作品展为宣传重点，同时还组织了千名中小学生在母亲河边进行"珍惜水资源·保护母亲河"签字活动。

    这本画册的大部分作品，主要采用大画幅的相机拍摄，对泉州水利风光进行多角度、全方位的纪录，强调艺术与原创相结合，拓展了专题风光摄影的新领域。这批原生态作品的入选标准，除唯"泉州水利风光美"之外，更看重的是摄影者独特的表现力、特有的好奇心和敏锐的观察力，作品色彩瑰丽、细节清晰逼人，显示出巨幅风光的巨大魅力，以此丰富"水之韵"的艺术价值和宣传效果。

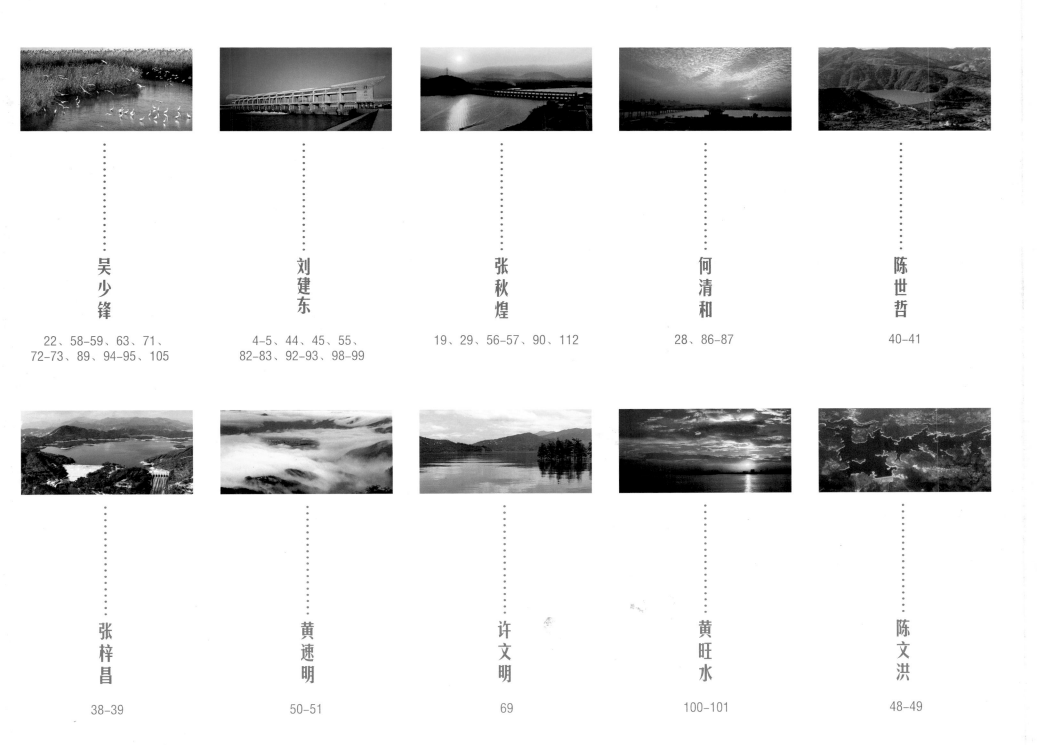

吴少锋

22、58-59、63、71、
72-73、89、94-95、105

刘建东

4-5、44、45、55、
82-83、92-93、98-99

张秋煌

19、29、56-57、90、112

何清和

28、86-87

陈世哲

40-41

张梓昌

38-39

黄速明

50-51

许文明

69

黄旺水

100-101

陈文洪

48-49

第一篇章 水之源

位于安溪桃舟乡达新村的晋江正源(施永康题字) 王金枝 摄影

晋江，其名缘晋代上族南渡沿江聚居而得。流程由分别发源自永春雪山与安溪云中山之东、西两溪，蜿蜒至丰州双溪口，汇为晋江干流，纳九十九溪涧，于泉州湾蟳埔入海。流域达五千六百廿九平方公里，泽被泉州陆域逾半，乃福建第三大河。其世代缭绕逶迤于泉州之青山绿野，被誉为母亲河亦名符其实。共和国诞立以来，历届政府综合治理，兴利抑弊，晋江水系撑持泉州发展之功日趋卓然。适水源永恒利用之需，应生态持续优化之势，勘定晋江正源在所必然。故委托福建省水利规划院实地勘测，并经本府常务会审议，确定晋江之江源位处安溪桃舟乡达新村云中山梯仔岭东南坡谷。其高程八百九十三米，自源头至入海口全长一百八十二公里。

饮水当须思源，定源更为护源。特于晋江源头立此碑铭，以启迪我市民众弘扬中华传统美德，珍护晋水长流，滋润锦绣山川永世常春，并纪定源。

泉州市人民政府　立

二〇〇二年十二月十八日

航拍晋江源头　鲍荣华　摄影

献给蓝溪的颂歌（节选）

绵绵的戴云山脉，
伟岸的胸怀蕴含着雄浑的气魄；
茫茫的绿色林海，
深厚的土地孕育出晋江的源头。
你从崇山峻岭中奔腾而出，
涓涓泉水汇成滔滔的河流；
你在执着追求中勇往直前，
无声大爱融入浩淼的大海。
蓝溪，晋江不绝的生命源泉，
泉州的母亲河。
蓝溪，茶乡大地的美丽飘带，
安溪的茶之魂。
清清的蓝溪水，
你润泽了 5630 平方公里的土地；
蓝蓝的泉州湾，
你恩惠着 700 多万勤劳勇敢的人民。
生命河流，
感恩之水，
流淌在千秋万代的心中。

（作者：倪伏笙）

九仙山冰凌　王金枝　摄影

九仙源头情深远　张定河 摄影

戴云山顶湿地　郑建树 摄影

林海雾漫　张秋煌 摄影

浩色玲珑　培森 摄影

恰似银河落岱仙　吴少锋　摄影

清清的蓝溪水（航拍） 鲍劳华 摄影

仙气缥缈　培森　摄影

晋江谣

晋江水　水流长　　　年年丰收好景象　　　晋江水　向大洋　　　男儿女儿美名扬
晋江两岸是家乡　　　水也肥　　　　　　　刺桐花开最风光　　　工也兴
春来雨也甜　　　　　土也壮　　　　　　　代代文也昌　　　　　商也旺
秋来风也香　　　　　物阜民丰唱晋江　　　辈辈武也强　　　　　人杰地瑞唱晋江

（作者：瞿琮）

晋水长流　宋长青 摄影

第二篇章 水之魂

新中国成立以来,泉州人民焕发出空前的热情和干劲,迅速掀起了水利建设高潮,先后修建了晋江防洪堤、石壁水库、惠女水库、金鸡拦河闸、南北渠、山美水库、龙门滩引水工程等重要水利工程。至 2007 年底,全市已建成各类水利工程 6 万多处,有效灌溉面积 115.61 万亩,福泽泉州 11246 平方公里土地和 775 万人民。

淙淙泉水　何清和 摄影

登龙门

——观龙门滩水库有感

绿水青山自古颂，
龙门水库不苟同。
一坝横卧起壁垒，
托起明镜山峦中，
巨龙升腾喷薄雾，
万里晴空挂彩虹。
晨容朝阳暮纳月，
生命之源流南东，
滋润大地万千顷，
明珠璀璨舞东风。
科学管理讲效益，
聪明才智盖隆中。
声声曲曲歌不尽，
家家户户乐融融。

（作者：颜波）

一坝横卧起壁垒　张秋煌 摄影

东固雄姿　宋长青 摄影

岱仙虹桥　郑建树 摄影

-81-

2006 年 7 月 17 日,"碧利斯"台风刚刚过境,过程雨量达 300 毫米,天空仍下着雨,山美水库泄洪量及发电流量达每秒 1000 立方米,为近年来最大。

山美水库泄洪　王金枝　摄影

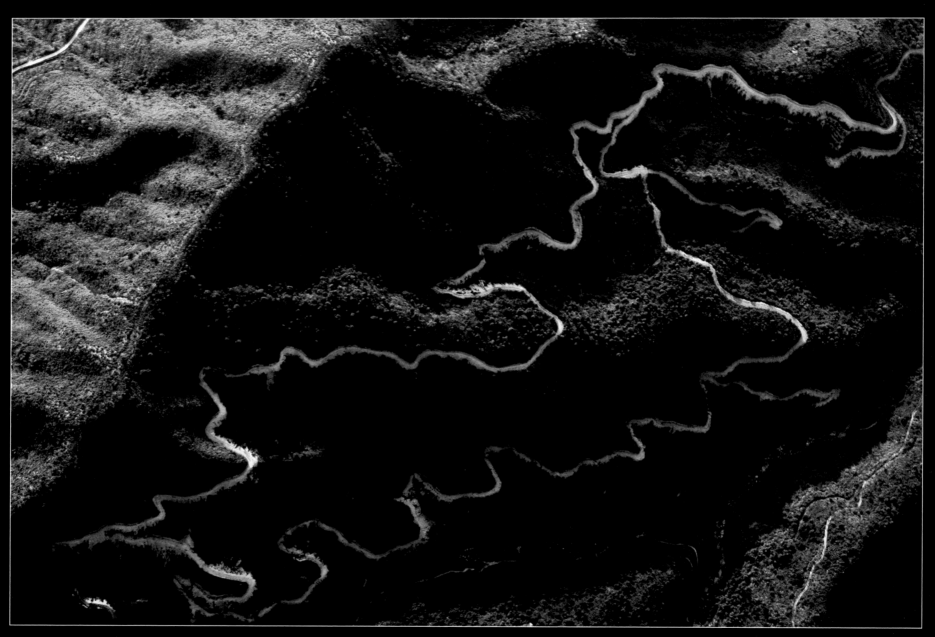

千回百转母亲河（航拍）　鲍荣华 摄影

城市之脉　陈敬聪　摄影

水利建设者之歌

我们挺直脊梁　　　　水利人携手同行　　　　我们是时代的弄潮儿
历史重任担在肩上　　共建万千气象　　　　　用发展的云帆劈波斩浪
海西的山川河岳　　　我们充满希望　　　　　我们是未来的开拓者
放飞年轻梦想　　　　永远不会迷失方向　　　以青春的璀璨创造辉煌
我们选择坚强　　　　纵然是从头再来
雨暴风狂不可阻挡　　奋发一如既往　　　　　　　　（作者：林思攀）

永春五一水库　吴其魁 摄影

我爱山美水库

山中美景	惠及泽恩
长长水	淙淙泉
泱泱库	盈盈州
人道山美水库	最是惠泽泉州

（作者：王金枝）

航拍山美水库　张梓昌　摄影

石壁水库吟

（一）

石壁雄关展绿畴，
流歌逐水载春秋。
溪泉泛碧风光秀，
渠道溶青景物幽。

往事追回吟晋邑，
新闻报出播泉州。
工程建设丰碑立，
卓绩功勋百世留。

（二）

横澜筑坝尽推波，
治水沧桑故事多。
管网四通冬润地，
灌区八达夏滋禾。

九溪漾出悠扬曲，
千壑流来浩荡歌。
清泉涌起千重锦，
石壁恢宏永不磨。

（作者：骆愉）

石壁水库全景　陈世哲　摄影

绿韵山美　培森 摄影

重振雄风　刘建东　摄影

和谐旋律　刘建东　摄影

当年数万名惠安妇女胼手胝足、披荆斩棘，以非凡的毅力和艰苦卓绝的奋斗精神，兴建起这座被命名为"惠女水库"的宏伟水利工程。 （陈瑞统 文）

航拍惠女水库　陈文洪　摄影

惠女水库云雾间 黄速明 摄影

航拍仰恩湖　鲍荣华 摄影

航拍泉州西湖　鲍荣华 摄影

虹山瀑布 陈家富 摄影

南北渠的水啊

你是闪耀在刺桐古城的光环
你是跳动在侨乡大地的脉搏
你是飘逸在海峡西岸的彩带
你是交织在锦绣山河的银梭
你的柔情滋润乡村的田野
你的乳汁融入城市的蓬勃

啊
南北渠的水啊
生命的水
你是我们心中永远流淌着的歌

奔流不息是你永远的性格
碧浪清波是你无悔的承诺
崇高使命使你始终向前开拓
过去了多少岁月你依然执着
你时刻铭记着神圣的职责
你与时俱进你不懈地求索

啊
南北渠的水啊
生命的水
你是我们心中永远赞美着的歌

（作者：王金枝　王士华）

清清北渠　刘建东 摄影

金 鸡 之 歌

金鸡唱
灌青阳
晋江入渠
浩浩荡荡
盖地增产
幸福无疆

金鸡吟
产黄金
内涝归海
海波不侵
党之功德
天高海深

（作者：郭沫若）

金鸡唱晚 张秋煌 摄影

金鸡颂

——沁园春·咏金鸡

一闸提蓄,二渠分流,百带缠绕

望晋江两岸,花团锦簇

鲤城内外,越发多娇

九日山前,金鸡昂首

鼓动万众弄春潮

须当记,曾请缨缚孽

迎头斩腰

尔今阳光普照,水利人不辞复辛劳

盼重吹号角,降龙伏妖

拦河筑坝,辉煌再造

雨调风顺,工兴商旺

物阜民丰更富饶

待明日,奏海西凯歌

频传捷报

(作者:郑耀忠)

金鸡颂　吴少锋 摄影

第三篇章 水之韵

憧憬　陈敬聪 摄影

　　近年来，泉州在建设水利工程特别是大型水利工程过程中，始终坚持以"景观文脉化、环境生态化、功能多面化、管理现代化"为基准，吸收闽南建筑特色进行设计，取得了良好的效果。如，被誉为泉州人民"生命堤"的晋江下游防洪岸线，集防洪、景观与土地开发为一体，北岸景观的"古香古色"与南岸景观的"时代气息"相互辉映，重建后的金鸡拦河闸，融入九日山风景区的整体布局，俯视如"神龙翔于水"。

美丽的洛阳江

美丽的洛阳江
我为你歌唱
"陈三坝"彩云缭绕
诉说先人治水辉煌
啊,你源自朴鼎山岗
向着那太阳流淌
你的恩泽家乡
一路播向海洋
美丽的洛阳江
我为你歌唱
火红的刺桐花树
盛开在那江岸上
啊,你看那千年古桥
架起了世纪桥梁
俞公大猷故里
处处繁华景象
美丽的洛阳江
我为你歌唱
啊,儿女们生生不息
未来的岁月久长
神圣的母亲之光
荡漾在江面上

（作者：王金枝）

美丽的洛阳江　张定河 摄影

两岸情·心连心　培森 摄影

西湖水·海鸥情　吴少锋 摄影

西湖晨光　培森 摄影

因为有了你　　　　　　　啊，人与水相伴——　　　　　花儿有了浪漫　　　　　　啊……

我才有了生命　　　　　　朝朝夕夕，岁岁年年　　　　因为有了你　　　　　　　人水相亲相爱

因为有了你　　　　　　　　　　　　　　　　　　　就有了这人生的美满　　　尽情享受自然

我才有了灵感　　　　　　因为有了你　　　　　　　啊，人与水相伴——　　　人水相亲相爱

因为有了你　　　　　　　鱼儿有了梦幻　　　　　　从远古到今天到永远　　　世界和谐发展

才有了这蓬勃的人间　　　因为有了你　　　　　　　　　　　　　　　　　（作者：王金枝）

悠悠山美情　培森 摄影

山美水库的守护者　陈家富 摄影

我自豪 我是山美水库的守护者

你从戴云崇山走来
携着古朴民风
带着憧憬期盼
让俊秀的风光挽住
汇聚成一湖平川
海上丝路　刺桐古城
由此闪耀着一颗璀璨的明珠
山美水库
你向东方古港奔去

迎着朝阳晚霞
朝着时代未来
让"时遇干旱,常遭洪流"
成为昨天的历史
给城乡田野带去甘甜
滋润禾苗　恩泽大地

我自豪　我是山美水库的守护者
我把神圣而崇高的职责
放在心中点亮

让他燃烧我的生命和激情
让他照亮我的心灵和行程
让他点燃我的智慧和活力
让他升腾我的恒心和爱心

我自豪　我是山美水库的守护者
我把 400 万人民的需求
放在心中徜徉
只要我们的田野充满希望
只要我们的人民幸福安康
只要我们的古城雄风重振
只要我们的家园灯火辉煌

我是清泉,在侨乡人民的生命里流淌
我是大坝,为泉州的经济腾飞保驾护航
我是河流,滋润着晋江下游 65 万亩良田
我是电光,照亮着海峡西岸经济区崛起的新征程

那波光粼粼的水库是我人生的舞台
那潺潺的流水是我动听的歌谣
那滔滔的浪花是我不朽的赞歌
我无怨于自己的选择,我无悔于自己的奉献

我自豪,我是山美水库的守护者
我将让这里的山峦永远这样的翠绿
让这里的湖水永远这样的碧蓝
让这里成为"泉州的生态调节器"
让这里演绎"人水和谐"的美好篇章

我自豪,我是山美水库的守护者
我为我们拥有 6.5亿立方米的库容而自豪
我为我们每年向下游供水 14亿立方米而自豪
我为我们兴利减灾成为泉州人民的绿色卫士而自豪
我为我们拥有"泉州人民的生命库"这样的殊荣而自豪

在这满载希望的时刻
让我们以山美水利人的赤诚、忠心、庄严
向您献礼、向您祝福
让我们用最纯、最真、最美的音符为您歌唱
一代一代,一代一代
生生不息,生生不息
共同谱写山美水库可持续发展的新篇章!

（作者:王逸民　廖景成）

清波荡漾　许文明 摄影

金龙戏水　王金枝　摄影

流光溢彩　吴少锋　摄影

魅力家园洛阳江　吴少锋 摄影

轻歌曼舞（局部） 培森 摄影

泱泱水库盈盈洲　培森 摄影

湖光山色　陈敬聪 摄影

盛世欢歌　培森 摄影

山中美景长长水　吴其魁 摄影

风调雨顺金山闸　刘建东　摄影

晨光荡漾洛阳江　张定河 摄影

第四篇章 水之歌

国家一级演员王邵玫在泉州电视台演播厅演唱《晋江谣》

王金枝 摄影

泉州水利文化艺术围绕中心工作，以开展"世界水日"、"中国水周"系列活动为契机，以"广告造势、诗以咏志、歌以传情、画以展魄"的思路为指导，通过在电视台播放公益广告、在广播电台设立"水利之声"栏目，组织举办以展示我市水利行业形象为主的诗歌创作比赛、歌曲谱写、摄影比赛及展览等主题活动，大力打造水利文化艺术精品。

火树银花　吴少锋 摄影

堤防颂

在欢腾的河岸，
你像母亲的双手，
紧紧牵引流动的水路，
披着星光，浴着晨露。
在繁华的城镇，
你像母亲的双臂，
呵护着我们的每一天，
从来没有怨言。
你崇高的理想，
培育了高尚的情操，
你虽然不是铜墙铁壁，
却如钻石般夺目璀璨；
你雄伟刚劲，
宛如连绵不断的长城，
像一名恪守职责的战士，
无私奉献，
带给人民祥和幸福。

（作者：苏宏程）

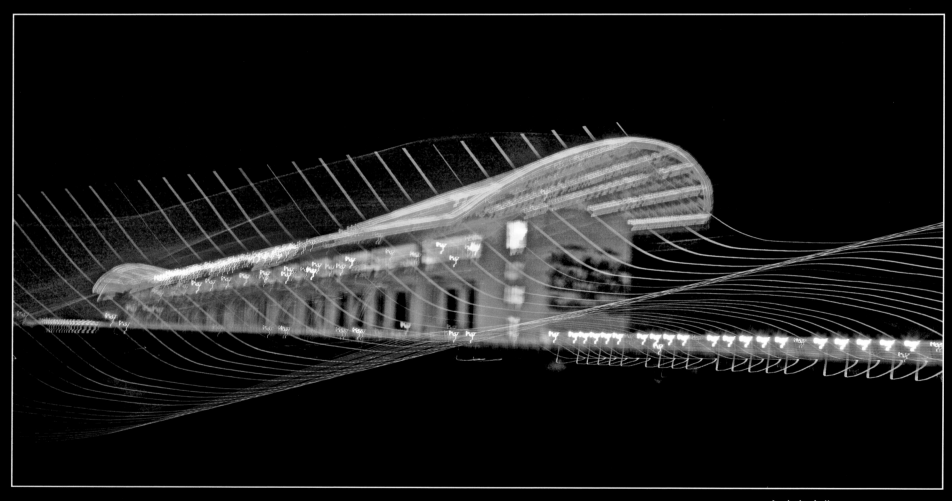

金鸡奏响曲　张秋煌 摄影

夜色金鸡闸 黄晓南 摄影

山海对堤防的抒唱

你常迎来碧水清波两岸，
你曾送走惊涛骇浪八方。
海纳百川彰显你宽容的肚量，
平潮驱涛体现你永恒的刚强。
蛟龙俯卧，亮丽了柔情晋水；
猛龙雄踞，映衬了巍峨的泉州。
这就是山海对堤防的抒唱，
永远的抒唱！

清晨你迎来朝霞装点古城，
夜晚你辉映星光情满侨乡，
大海对山川的倾情是你见证，
山川对大海的眷恋是你传唱。
蜿蜒曲折，宛如动感的音符；
错落有致，恰似豪迈的乐章。
这就是山海对堤防的抒唱，
永远的抒唱！

（作者：王金枝）

堤防畅想曲　刘建东　摄影

海峡西岸乘春风　吴少锋　摄影

问渠那得清如许　培森 摄影

碧水蓝天颂龙宫　刘建东 摄影

晋江抒情诗

——晋江流域开发之歌

在海峡的西岸有一条古老的江，
岁月漫长使她历尽了沧桑；
儿女们为母亲河细细地梳妆，
晋江流域开发就像长长的画廊。
啊，我们美丽的晋江！
啊，我们可爱的家乡！
一座座水库，一座座电站，
如同珍珠镶嵌在母亲的身上！

在海峡的西岸有一条古老的江，
和煦的春风使她清波荡漾；
儿女们为母亲河换上了新装，
每一颗年轻的心都放飞着希望。
啊，我们美丽的晋江！
啊，我们可爱的家乡！
一条条渠道，一条条线路，
像是拨动琴弦为母亲河歌唱！

晋江谣　黄旺水　摄影

2008 年 3 月在纪念 "世界水日"、"中国水周" 系列活动中，水利部、省、市各级领导和嘉宾应邀参加 "水之韵" 摄影展开幕式　吴其魁 摄影

原水利部副部长敬正书为泉州水利局挥毫题写"珍惜水资源，保护母亲河"书法作品　　吴其魁　摄影

南安市华侨中学学生代表宣读倡议书

珍惜水资源　保护母亲河

——致全市青少年学生的倡议书

亲爱的全市青少年学生朋友们：

水是生命之源，是人类赖以生存的物质基础。晋江水，是我们的生命之水，每天，我们饮用着来自这条河的水。晋江之于我们，就如母亲之于孩子，因此，我们亲切地称呼晋江为母亲河。但现在，"母亲"变了，因为我们的污染，她的可用水量减少，瘦弱起来，脸蛋混浊……

自古以来，水就是一个永恒的主题，正是灵动的水才赋予生命最本质的活力，世界因水而显得丰富多彩，显得恣意盎然。泉州是一个水资源短缺的城市，随着经济社会的发展，对水资源的需求不断上升，水资源供需矛盾日益突出。为构建人水和谐，我们呼吁全市中小学生珍惜水资源，保护好我们的母亲河。

水是我们最珍贵的财富。当曾经清澈碧绿的溪水成为如今浑浊漆黑的死水，你在做什么？借此机会，

我代表南安市华侨中学全体师生向全市青少年学生发出
"珍惜水资源·保护母亲河"的倡议：

　　请节约用水，做到一水多用，充分利用水资源；见
到有浪费水资源现象，请及时制止。树立美好的品德，
不乱扔垃圾、废电池等污染物，减少水资源污染。宣传
节约用水，做到身体力行，带动身边的老师、同学共同
参与节约用水。同时向你身边的人宣传我市水资源的现
状，共同营造一个爱水、节水的良好社会氛围。我们不
想看到世界的最后一滴水是我们苍老的眼泪，让我们共
同保护水资源，齐心协力、众志成城，为了我们重新看
到那清澈的河水，成群的鱼儿，我们发自内心地再次呼
吁大家：珍惜水资源，保护母亲河，从现在开始！我们
一定能让我们的母亲河再度焕发出迷人的魅力，让我们
的家乡——泉州，永远成为一座充满绿意和魅力的城
市。

南安市华侨中学全体青少年学生

2008 年 3 月 29 日

情系母亲河　　吴少锋 摄影

聚焦母亲河　陈敏聪 摄影

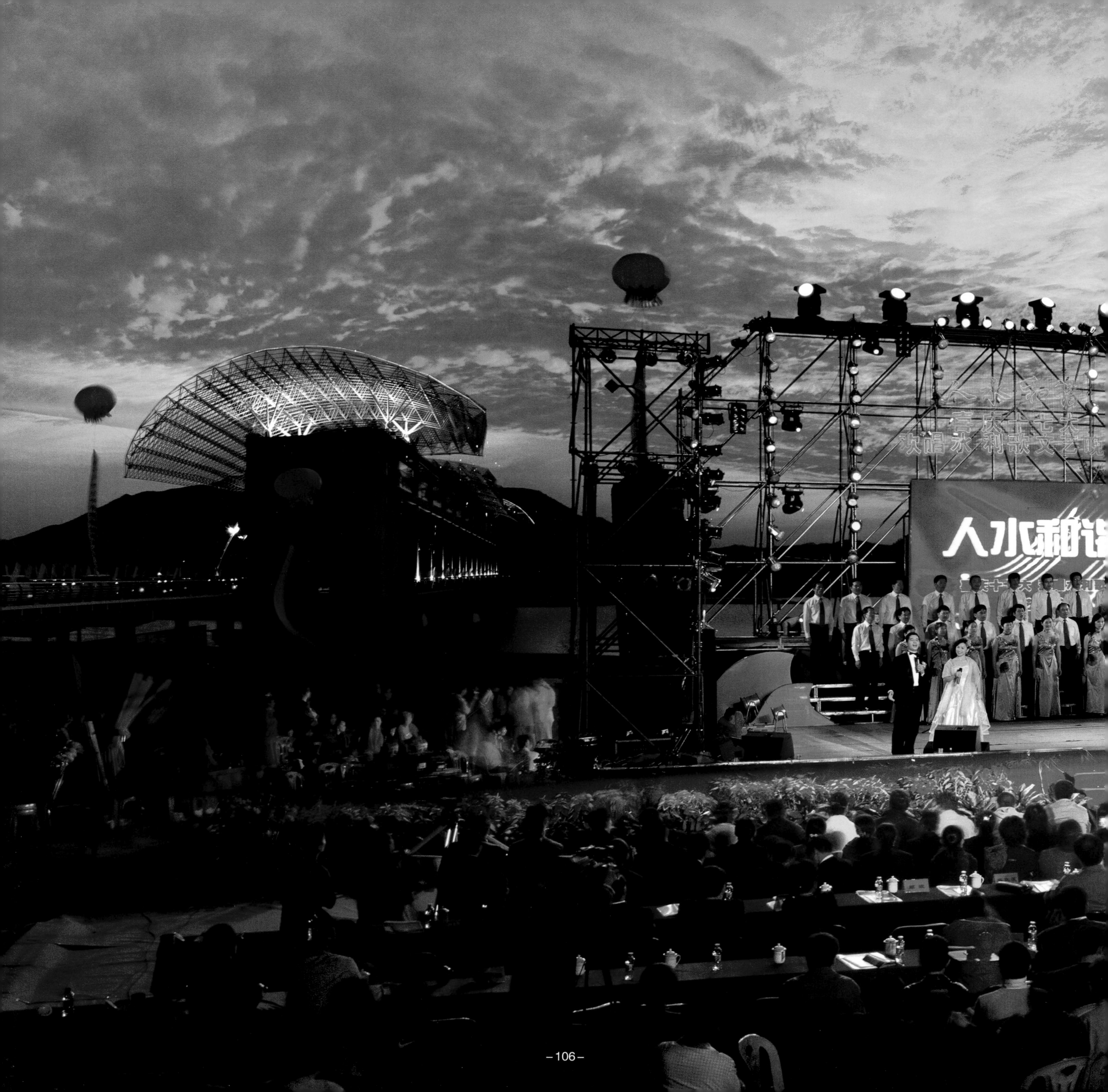
人水和谐
喜庆十七大
欢唱水利歌文艺晚

水政之歌　培森 摄影

编后语

我以前对泉州水利系统很陌生，第一次令我拍手叫好的是在前往山美水库采风的车上，驾驶员许文明全程播放在电视台演播厅录制的《泉州水利之歌》文艺晚会盛况，近一小时的路程才刚听一半，我多次为泉州水利人自创的台词、歌词、乐曲和高超的演唱水平欢呼。从那一刻起，我深深感受到泉州水利系统深厚的文化底蕴和"人水和谐"的团队精神。

更令我终生难忘的是在金鸡拦河闸拍摄《人水和谐》大型文艺晚会现场，我用两台大型相机准备多次曝光拍摄水利职工大合唱，一直沉闷的天空逐渐晴朗起来，紧接着就在舞台上空突然形成满天的彩霞，这是多年来罕见的最美的一次彩霞。反转片冲出来后都相当满意。我从不迷信，但搞风光摄影我信的是缘分，一切随缘。三番五次长途跋涉拍不到好照片也无怨无悔，风光摄影必须经历这样一种创作过程。但这次真的是百思不得其解，也确实是太巧了，老天爷真的是在关键时刻帮了泉州水利人一大把，"上善若水"，"心诚石头也能开花"。

泉州水利建设者经过 50 多年的艰苦奋斗，兴建了一大批防洪挡潮、治涝蓄水工程，真正实现由"水害"转变为"水利"。在数以十次的采风中，我亲眼目睹泉州水利工程之雄伟壮观，风光之旖旎，面对泉州的母亲河、生命库、生命闸所滋生的敬畏之情，与日俱增，大有血浓于水的创作欲望。基于这一种动力，我与泉州摄影界一大批影友不畏山高路险，不惧寒冬酷暑，坚持常年拍摄水利风光。从"水之源"、"水之魂"、"水之韵"到"水之歌"。从戴云、九仙到石牛，从龙门滩、石壁、五一到山美，从晋江源头到洛阳江出海口，一路狂拍不停，也记不清拍了多少反转片，但真正能拿出来与大家分享的却不太多，水平也一般般。拍摄水利风光专题看似简单，但真正拍好了却不是易事，在泉州市水利局王金枝局长的鼓励下，我们把这一批不太成熟的作品结集出版，目的是把这一专题的创作做一次梳理，把对泉州水利事业的深厚情感，通过画面展示出来，谨此献给为泉州水利事业做出重大贡献的水利人及各级领导和各界朋友。编辑过程中的不足之处在所难免，恳请诸位专家、老师不吝赐教。

《精彩瞬间》栏目主编　骆培森

盛世乐章　培森 摄影

水利部原副部长敬正书、中国新闻摄影协会主席于宁为"水之韵"摄影展揭幕

张秋煌 摄影

"水之韵"影展深受各界朋友喜爱

张秋煌 摄影

淙淙泉水盈盈州

——泉州水利风光《水之韵》摄影展观后感 胡国钦

水，是宇宙万物的本原。

中华民族的水文化，源远流长。"上善若水，水善利万物而不争"是我国古代哲学家老子"以水比德"的千古名言。

泉州，于晋代始设郡，隋代改郡名为泉州。泉州，北靠清源山，南临晋水。清源山，原名为泉山，并以虎乳泉闻名。泉州的郡和山均以泉命名，可见先人对水的重视。

水，是人类生命的源泉，社会发展的基础，科技进步的动力，城乡建设的生命线。

历史上的泉州是洪涝灾害多发地区，上溯900多年间，有文字记载的洪涝灾害就有138年，其中1935年间发生的特大洪水，洪峰流量为10000立方米/秒，市区80%街道和100多个村庄被淹。

50多年来，历任泉州党政各级领导高度重视根治洪涝灾害。兴建一大批防洪、蓄水、挡潮、治涝、调引水工程和发电配套工程体系，有力地保障全市工农业生产和人民生活需要，成功地实现了以占全省8%的水资源，养育了占全省20%的人口，支撑了占全省27%的地区生产总值。人水和谐功德无量，可谓天高海深。泉州市水利局以"水之韵"水利风光摄影为主题，以母亲河两岸的自然生态和人文景观作为风光摄影创作重点，广泛向社会征稿，获得泉州摄影界的热烈反响。

泉州市摄影家协会及各分会会员，多次组织采风活动，他们跋山涉水，观云测雨，对每一个景点进行多角度、全方位的跟踪拍摄，创作出一大批主题鲜明、深受大众喜爱的摄影佳作，用展览和出版画册的方式广泛宣传，对人们陶冶情操、净化心灵、升华品格、保护母亲河，造福子孙后代，将具有深远影响。

专题风光摄影是摄影领域中难度很大的一种创作艺术。一幅优秀风光摄影作品的创作过程，有时要经历千回百转的耐心等待，为了满天彩霞，有的甚至在数年间才能等上一回。当大自然奇观显现的那一瞬间，又必须做到"眼到、心到、手到"；当眼睛看到奇特的光影时，心应想到如何表达什么样的主题，手还必须把握好最佳瞬间。

纵览泉州"水之韵"风光摄影作品后，确实感慨万千，最令我感到欣慰的是泉州摄影界不仅在国内外各种赛事中屡获大奖，而且在专题风光摄影领域中异军崛起，百花齐放。继"蓝蓝泉州湾"大型风光展览后，又成功地推出"水之韵"。听说还将继续推出"田园风光"、"泉州与海"等专题风光摄影展。它对繁荣摄影文化，提升泉州城市的美誉度，为海峡西岸工贸港口城市的兴起，将展现出"一图胜千言"的审美魅力。

（作者：著名摄影美学评论家，原《福建画报》社社长、总编辑）

图书在版编目（CIP）数据

水之韵 / 骆培森主编.—福州 : 海风出版社,2008.5

ISBN 978-7-80597-787-4

Ⅰ.水… Ⅱ.骆… Ⅲ.①风光摄影 – 中国 – 现代 – 摄影集
②晋江市 – 摄影集 Ⅳ.J424

中国版本图书馆 CIP 数据核字（2008）第 078183 号

水之韵

主　　编：骆培森

责任编辑：胡立昀、梁希毅

出版发行：海风出版社

（福州市鼓东路 187 号　邮编：350001）

出 版 人：焦红辉

印　　刷：福建彩色印刷有限公司

开　　本：889x1194 毫米　　1/12 开

印　　张：10 印张

字　　数：5000 字

印　　数：1-2000 册

印　　次：2008 年 6 月第一版

　　　　　2008 年 6 月第一次印刷

书　　号：ISBN 978-7-80597-787-4/J.166

定　　价：228.00 元